Rüdiger Fröhlich/Jörn Hinrichsen/Christina Kühnel

Elf unfassbare Fußball-Geschichten

Zu diesem Buch

Kennen Sie Tull Harder vom HSV, den vielleicht besten Stürmer aller Zeiten? Oder die unglaubliche Geschichte vom blauen Armband von Darmstadt 98? Oder den denkwürdigen Eklat um die Wahl von Bayerns Winkelhofer zum Torschützen des Monats? Einmalig war auch der Elfmeterpfiff beim St.-Pauli-Aufstieg, der ein Abpfiff wurde. Wissen Sie, welches Land als einziges noch nie gegen Brasilien verloren hat? Oder dass ein deutscher Klub tatsächlich auf die Deutsche Meisterschaft verzichtet hat? Kennen Sie die erstaunliche Geschichte vom Fußball-Spiel, das einen echten Krieg ausgelöst hat? Oder dass ein Bundesliga-Schiedsrichter nach 32 Minuten zur Halbzeit pfiff? Nein? Dann sollten Sie sich dieses kleine Fußball-Büchlein mit elf unfassbaren Fußball-Geschichten nicht entgehen lassen...

Rüdiger Fröhlich/Jörn Hinrichsen/
Christina Kühnel

Elf unfassbare
Fußball-Geschichten

Bibliografische Information:
Die Deutsche Bibliothek verzeichnet diese Publikation in der Deutschen Nationalbiografie; detaillierte bibliografische Daten sind im Internet unter http://dnb.ddb.de abrufbar.

August 2015
© 2015 Rüdiger Fröhlich/Jörn Hinrichsen/Christina Kühnel
Herstellung und Verlag: Books on Demand, Norderstedt
Umschlaggestaltung: Jörn Hinrichsen
Hintergrundbild: Peter Smola / pixelio.de
Printed in Germany   ISBN 9783738613926

Inhaltsverzeichnis

1. Aus Stolz auf die Deutsche Meisterschaft verzichtet — 7
2. Der Fußballkrieg — 11
3. Ein Land hat noch nie gegen Brasilien verloren — 18
4. Der Elfmeter, der ein Abpfiff wurde — 20
5. Dieser Mann stand für zwei Nationen im WM-Finale — 24
6. Die dunkle Seite des vielleicht besten Mittelstürmers aller Zeiten — 26
7. Gerd Müller ist nicht der Nationalspieler mit der besten Torquote — 31
8. Der unglaublichste Bundesliga-Aufstieg aller Zeiten — 34
9. Die Tragik des österreichischen Wunderfußballers — 40
10. Tabubruch bei der ARD erzürnt den FC Bayern München — 47
11. Schiri pfeift nach 32 Minuten zur Halbzeit – „Wir sind Männer und trinken keine Fanta" — 51

Aus Stolz auf die Deutsche Meisterschaft verzichtet

Von Rüdiger Fröhlich

Es waren unzweifelhaft die spannendsten, längsten und härtesten Endspiele um die Deutsche Meisterschaft aller Zeiten – die beiden legendären Finals zwischen dem 1. FC Nürnberg und dem Hamburger SV im Jahre 1922. Der HSV stand erstmals im Endspiel. Sechs Sonderzüge mussten eingesetzt werden, um die HSV-Fans nach Berlin zu bringen. Rückblende: Berlin, 18. Juni, 30.000 Zuschauer im Berliner Grunewaldstadion. Die Luft drückt bei 27 Grad, nachdem es kurz vor dem Anpfiff um 17 Uhr aufgehört hatte zu regnen. Der Titelverteidiger aus Franken, technisch einmalig beschlagen mit seinem grandiosen Torhüter Stuhlfauth und den kleinen Stürmern Träg, Böß und Popp auf der einen Seite, die robusten, kämpferischen Hamburger mit ihrem wuchtigen Stürmer Tull Harder auf der anderen Seite. 1:0 geht der HSV in Führung, Torschütze ist der Teenager Hans Rave. Ein Affront gegen die technisch überlegenen Nürnberger. Träg schnappt sich direkt nach Wiederanpfiff den Ball, marschiert durch die gesamte HSV-Abwehr und gleicht postwendend aus drei Metern aus. Schon wenige Minuten später fällt das 1:2 durch Popp. Ein weiterer Nürnberger Treffer, bei dem Träg den Hamburger Torwart Martens samt Ball über die Torlinie rannte, wurde von Schiedsrichter Dr. Peco Bauwens nicht anerkannt. Erst fünf Minuten vor dem Abpfiff gelingt dem HSV noch der

Ausgleich. Flohr markiert für den Hamburger SV das 2:2. Die Verlängerung lässt das Spiel noch härter und verbissener werden. 19 Mal tragen Sanitäter bei dem Endspiel in Berlin verletzte oder entkräftete Spieler vom Platz, vier bis fünf Zähne bleiben auf dem Platz, ehe Schiedsrichter Dr. Bauwens nach fast vier Stunden tief in der Verlängerung beim Stand von 2:2 die Kräfte schwinden. Er war ausgelaugt, völlig erschöpft. Die Spieler beider Mannschaften wollten weitermachen. Die einbrechende Dunkelheit ließ ein Weiterspielen jedoch auch nicht zu. Kein Deutscher Meister, es gab nur einen Ausweg: Ein Wiederholungsspiel wurde vom DFB angesetzt.

Bert Merz und Ludwig Dotzert schreiben in ihrem Buch »Meister auf dem grünen Rasen« (Lampert Verlag, 1962):

»Die Endspiele des Jahres 1922 – sie sind von der Erinnerung vergrämt und in den Chroniken verschönt und umflort worden mit romantischem Beiwerk. Es waren in Wirklichkeit Spiele, die, jedes für sich, zu Schlachten ausarteten. Es gab böse Fouls auf beiden Seiten. Nur Männer konnten diese beiden Rosskuren überstehen.«

Das zweite Finale in Leipzig am 6. August 1922 fand eine Resonanz wie bis dato kein zweites Fußballspiel in Deutschland. Der Platz des VfB fasste 40.000 Zuschauer, 60.000 waren aber da, um das einmalige Kräftemessen mitzuerleben. Sonderzüge aus allen Teilen Deutschlands trafen ein. Diesmal griff Schiedsrichter Dr. Bauwens bei dem erneut extrem umkämpften Match jedoch härter durch. Nach 30 Minuten wurde Nürnbergs Mittelstürmer Böß, dem der Gaul durchgegangen war, vom Platz gestellt. Trotzdem geht der Club in Unterzahl spielend in der 48. Minute durch Träg in Führung. Schneider gleicht in der 69. Minute für den HSV aus. Kurz danach fliegt Nürnbergs Kugler vom Platz, der im ersten Finale die Zähne verloren hatte. Dennoch rettet sich der Club in die Verlängerung. In der 100. Spielminute verweist Bauwens dann auch noch Nürnbergs Träg nach üblem Foul an seinem Gegenspieler Beier vom Feld. Elf Hamburger und acht Nürnberger stehen noch auf dem Platz. Nach unglaublichen vier Stunden Spielzeit und 54 Minuten bricht Nationalspieler Popp vom Club völlig entkräftet zusammen. Bauwens bricht das zweite Endspiel beim Stand von 1:1 ab, da Nürnberg nur noch sieben Spieler auf dem Feld hat.

Medien titelten über die legendären Spiele zwischen dem HSV und dem Club *»Das längste Endspiel der Geschichte: Ein Schlachten war's«*, *»Die Endspiel-Dramen 1922«*, *»Das ewige Endspiel «* oder *»Das unendliche Endspiel"*.

Auf dem DFB-Bundestag zu Jena wurde dann gemäß § 111 Abs. 4 der DFB-Satzung die Entscheidung getroffen, den Hamburger SV zum Meister zu küren, weil der Club "durch das unsportliche Verhalten zweier seiner Mitglieder, das dann deren Ausschließung zur Folge hatte, den Abbruch selbst verschuldete". Doch der HSV verzichtete auf den Titel. Die Sympathien der Fußballfans aus ganz Deutschland flogen ihm zu. In den Statistiken wird für das Jahr 1922 zwar kein Deutscher Meister geführt. Irgendwie gibt es den gefühlten Meister 1922 aber doch, und zwar gleich zwei Mal: Auf der damaligen Meisterschale, der Viktoria, wurden nämlich der HSV und Nürnberg eingraviert.

Statistik:
Finale, 18. Juni 1922 im Berliner Grunewaldstadion
HSV: Martens, Beier, Schmerbach, Flohr, Halvorsen, Krohn, Kolzen, Breuel, Harder, Schneider, Rave.
1. FC Nürnberg: Stuhlfauth, Barg, Grünerwald, Köpplinger, Kugler, Strobel, Popp, Böß, Träg, Sutor.
Tore:
1: 0 Rave (19.)
1:1 Träg (20.)
1:2 Popp (30.)
2:2 Flohr (85.)
Zuschauer: 30.000

Finale, 6. August 1922 im Leipziger VfB-Stadion
HSV: Martens, Beier, Agte, Flohr, Halvorsen, Krohn, Kolzen, Breuel, Harder, Schneider, Rave.
1. FC Nürnberg: Stuhlfauth, Barg, Kugler, Köpplinger, Reitzenstein, Riegel, Strobel, Popp, Böß, Träg, Sutor.
Tore:
0:1 Träg (49.)
1:1 Schneider (69.)
Zuschauer: 60.000

Der »Fußballkrieg«

Von Jörn Hinrichsen

Pedro García Álvarez liebte Fußball und der Fußball liebte Pedro. Schon mit 7 Jahren konnte er den Ball über fünfzigmal mit den Füßen in der Luft halten und in seinem Viertel in San Miguel im Osten El Salvadors hatte der kleine, stets vom Fußball verschmutzte Pipo, wie er dort liebevoll genannt wurde, einen fast kultartigen Status. Wenn er mit seinen Freunden direkt nach der Schule auf dem staubigen Bolzplatz in Sichtweite des Estadio Municipal, das später in Estadio Juan Francisco Barraza umgetauft wurde, auftauchte, dann versammelten sich schnell die älteren Männer des Viertels, um dem kleinen Pipo zuzuschauen. Seinen Spitznamen hatte er von seinem großen Fußballidol Mauricio Alonso "Pipo" Rodríguez Lindo, der das erste olympische Tor für El Salvador beim 1:1 Unentschieden gegen Ghana in Leon, Mexiko erzielt hatte. Außerdem war er schon mit 20 Jahren Torschützenkönig in der ersten Liga geworden und bekannt für seine artistischen Seitfallzieher und Außenristpässe. »Das wird der neue Pipo«, murmelten die Alten zwischen ihren Zigarrenstummeln hindurch und bewunderten die Eleganz, mit der der schmächtige Junge den Ball beherrschte und gleich reihenweise die größeren Jungs aussteigen ließ.

Pipo nahm das alles nicht wahr. Er wollte Fußball spielen und das tat er auch. Egal, ob in der Pause in der

Schule, auf dem Heimweg oder eben nachmittags auf dem geliebten Bolzplatz, Pipo fand immer etwas, was er mit seinen nackten Füßen vor sich her bewegen konnte. Sein ganzer Stolz war ein alter Lederball, den ihm der Platzwart vom Estadio geschenkt hatte, weil er Pipo ebenfalls häufig am Nachmittag bewunderte.

Das Leben in El Salvador und auch in San Miguel war im Sommer 1969 nicht einfach, die wirtschaftliche Lage in dem kleinen mittelamerikanischen Land schlecht. Deswegen waren in den letzten Jahren immer mehr Bürger ins benachbarte Honduras ausgewandert, um sich im unbewohnten Grenzland niederzulassen. Dort gründeten sie ganze Siedlungen und Städte und wurden der honduranischen Regierung immer mehr ein Dorn im Auge, denn bei objektiver Betrachtungsweise konnte man schon davon sprechen, dass das Land illegal in Besitz genommen worden war.

Pipo war das alles egal, Hauptsache er konnte mit seinen Freunden Fußball spielen und einen Maisfladen mit Bohnen, Fleisch und Käse konnte seine Mutter immer zaubern, zumal sein Vater eine vernünftig bezahlte Arbeit als Hausmeister der 1862 fertiggestellten Kathedrale hatte. Er vermisste nur seinen Cousin James, der mit seiner Familie ebenfalls ausgewandert und wichtiger Mannschaftskollege gewesen war, wenn es gegen die Größeren ging. Momentan befand sich das ganze Land im Fußballfieber, denn erstmals hatte El Salvador die Chance, sich als erstes mittelamerikanisches Land neben Gastgeber Mexiko für die Fußballweltmeisterschaft 1970 zu qualifizieren. Das erste Spiel gegen den Nachbarn aus Honduras hatte man zwar auswärts am 8. Juni mit 1:0 verloren, aber das Rückspiel wurde grandios eine Woche später mit 3:0 gewonnen und so musste ein drittes Entscheidungsmatch auf neutralem Boden her. Bei beiden Spielen war es zu Ausschreitungen und sogar Toten gekommen und beide Mannschaften sahen sich vor den Begegnungen den Anfeindungen der gegnerischen Fans ausgesetzt, die die Hotels belagerten, die ganze Nacht Krach machten und die Fenster einschmissen. Aber auf dem Platz ging es mit sportlicher Fairness zu und so mancher Spieler glaubte, dass die Politik die Situation nutzte, um den Konflikt um die besiedelten Grenzgebiete anzuheizen. Die honduranische Regierung hatte am 30. April alle illegalen Einwanderer aufgefordert, das Land innerhalb von dreißig Tagen zu verlassen. Die Siedler dachten aber nicht im Traum daran, das von ihnen besetzte Gebiet zu verlassen, sondern forderten ein Bleiberecht.

So war das Spiel im Aztekenstadion in Mexiko-Stadt am 27.06. ein allseits akzeptierter Ort und Pipo und seine Freunde hatten keine Zweifel daran, wer der Sieger sein würde, wenn das Team ausgeschlafen und fit auf den Platz kommen würde. So saßen sie dann alle am Abend in der Bar Central, die nur einen Block von Pipos Zuhause entfernt an einem belebten Platz lag und lauschten der euphorischen Stimme des Radioreporters, der die schnelle 2:0 Führung El Salvadors kommentierte. Alle lagen sich in den

Armen und niemand konnte sich vorstellen, dass Honduras zurückschlagen konnte. Aber sie konnten und so stand es am Ende der regulären Spielzeit 2:2, eine Verlängerung musste die Entscheidung bringen. Ehrfürchtige Stille machte sich in der Bar breit und nur gelegentlich nippte jemand verstohlen an seinem Getränk. Die Spannung wurde immer größer und entlud sich explosionsartig, als Mauricio "Pipo" Rodríguez in der 11. Minute der Nachspielzeit mit einem satten Flachschuss das 3:2 Siegtor erzielte. Die letzten umkämpften Minuten gingen im Nebel des Erfolges unter und nur wenige machten darauf aufmerksam, dass es erst das Halbfinale gewesen sei und mit Haiti ein starker Finalgegner wartete. An diesem Abend zählte nur der Sieg gegen den Erzfeind aus Honduras. Leider kam es auch in Mexiko-Stadt zu Ausschreitungen, nachdem die Polizei die Überwachung des Spiels eingestellt hatte, da bis dahin alles friedlich verlaufen war. Gegenstände wurden geschmissen, Flaggen verbrannt und dann flogen die Fäuste. Bei den Tumulten rund um das Stadion kam es zu mehreren Toten. Pipo und seine Jungs bekamen davon wenig mit, sie spielten den grandiosen Sieg am nächsten Tag auf dem Bolzplatz nach und waren Rodríguez, Martínez und Co. Die Politik reagierte anders und brach die politischen Beziehungen ab. Ein erster Schritt in den Krieg. In Honduras entlud sich der Frust am stärksten und die Einwanderer mussten die Folgen ertragen. Es kam zu Übergriffen und zu Deportationen salvadorianischer Siedler und plötzlich stand James wieder vor der Tür, mitsamt seinen Eltern. Sie waren zusammengeschlagen, in einen Jeep verfrachtet und über die Grenze gefahren worden, ohne ihr Hab und Gut mitnehmen zu können. Sie standen erneut vor dem Nichts. So langsam ging auch dem Siebenjährigen auf, dass irgendetwas zwischen Honduras und El Salvador nicht stimmte und dass es nichts mit Fußball zu tun hatte. Als ein paar Tage später auch noch sein Vater Alvarez von der Armee eingezogen wurde, verfiel Pipo in Schockstarre. Es war das erste Mal seit Jahren, dass er nicht Fußball spielte und sich weigerte, mit auf den Bolzplatz zu kommen. Pipo sollte seinen Vater nie wiedersehen.

Am 14.07. startete die Regierung El Salvadors um Staatschef Fidel Sánchez Hernández zu einer militärischen Intervention und ließ mit Flugzeugen die Hauptstadt Tegucigalpa bombardieren. Gleichzeitig überquerten Bodentruppen die Grenze zu Honduras, mit ihnen Pipos Vater, um einen angeblichen Völkermord zu verhindern und eine Bleiberecht der Emigranten zu erzwingen. Honduras antwortete ebenfalls mit Luftschlägen und in nur 100 Stunden Krieg kamen mindestens 2000 Menschen ums Leben, über 6000 wurden verletzt. Zwar erwies sich die honduranische Armee als militärisch unterlegen, aber auf Druck der Organisation Amerikanischer Staaten (OAS) und der UNO wurde die Intervention schnell beendet. Die Folgen für El Salvador waren verheerend. Nahezu alle Siedler verließen Honduras und kamen zurück, was die wirtschaftliche Situation des Landes wieder verschärfte, der 1960 gegründete zentralamerikanische Markt wurde eingestellt und Absatzmärkte gingen verloren. Die sozialen Spannungen des Landes mündeten 1981 sogar in einem 11 Jahre anhaltenden Bürgerkrieg, der Konflikt mit Honduras wurde erst 2006 endgültig beendet, da noch Grenzfragen offen waren.

Und Pipo? Der kleine Pipo verstand die Welt nicht mehr. 1968 hatte sein Verein CD Águila noch für San Miguel die nationale Meisterschaft gewonnen, Spielertrainer war der Weltstar Zózimo, der als Spieler mit Brasilien zweimal Weltmeister geworden war, nach zwei Siegen und einer Niederlage gegen Haiti stand El Salvador tatsächlich als Endrundenteilnehmer für die WM in Mexiko fest, doch seine Welt war aus den Fugen geraten. Sein Vater war bei einem Bombenangriff im Grenzgebiet ums Leben gekommen und hinterließ eine große Leere in Pipos Leben. Sein Cousin war auch nicht mehr der Gleiche. Die Gräueltaten gegenüber den Siedlern, die er mit ansehen hatte müssen, hatten ihn zu einem verstörten Jungen gemacht, der im Schlaf weinte, ins Bett machte und nur wenig Lust auf Fußball hatte. Die Weltmeisterschaft verlief ebenfalls nicht nach Plan und El Salvador schied tor- und punktlos aus. Mauricio "Pipo" Rodríguez musste seine Karriere kurz danach mit Knieproblemen beenden und konzentrierte sich auf seine Ingenieursausbildung.

Pipo ging weiterhin zum Bolzplatz, aber es fehlte eine gewisse Leidenschaft in seinem Spiel. Konnte Fußball wirklich einen Krieg auslösen? Glaubte er den Medien, war es tatsächlich so. Doch irgendwie war er sich auch sicher, dass die Politik ein übles Spiel mit zwei Völkern gespielt hatte und so hielt er sich in den kommenden Jahrzehnten aus allem Politischen in El Salvador heraus. Er schloss seine Schule ab, arbeitete mal hier mal dort. Sonntags ging er immer noch zum Bolzplatz und spielte ein paar Runden mit den Jüngeren. Genau 30 Jahre nach dem Tod seines Vaters bekam er bei der Stadt San Miguel den Job des Platzwartes und Hausmeisters im Estadio Juan Francisco Barraza, wo er heute noch tätig ist.

Mauricio "Pipo" Rodríguez schaffte die zweite Teilnahme El Salvadors bei einer WM als Nationaltrainer. Sein Team blieb allerdings wie 1970 punktlos, erzielte aber immerhin beim 1:10 gegen Ungarn ein WM-Tor.

Ein Land hat noch nie gegen Brasilien verloren

Von Christina Kühnel und Rüdiger Fröhlich

23. Juni 1998, Stade Vélodrome in Marseille: Schiedsrichter Esse Baharmast aus den USA pfeift das Spiel der Fußball-Weltmeisterschaft vor 55.000 Zuschauern pünktlich um 21 Uhr an. Mit von der Partie: die Stars der Seleção (portugiesisch „Auswahl") wie Cláudio Taffarel, Roberto Carlos, Leonardo, Kapitän Dunga, Rivaldo, Denílson, Bebeto und natürlich Superstar Ronaldo. Doch der große Favorit tut sich gegen seinen Angstgegner aus Europa schwer, sehr schwer. In der ersten Halbzeit hielt Norwegen bravourös das 0:0, hatte sogar mehrere gute Möglichkeiten für die Führung. Es dauerte bis zur 78. Minute, ehe Bebeto nach Vorarbeit von Denílson endlich zum 1:0 für die Brasilianer traf. Doch nur fünf Minuten später schlugen die Wikinger zurück, Mittelstürmer Tore André Flo traf zum umjubelten Ausgleich. Und es kam noch besser: In der 88. Spielminute erzielte Innenverteidiger Kjetil-André Rekdal von Hertha BSC Berlin per Strafstoß den 2:1-Siegtreffer für die Norweger. Durch diesen Sieg gelang dem Team von Trainer Egil Olson der unerwartete Einzug in die K.o.-Runde.

Es gibt weltweit nur zwei Länder, gegen die die brasilianische Nationalmannschaft eine negative Bilanz hat. Es sind Norwegen und Ungarn (5 Spiele, 1 Sieg, 1 Unentschieden sowie 3 Niederlagen, 7:11 Tore). Und nur gegen Norwegen haben die Ballzauberer vom Zuckerhut tatsächlich noch nie gewonnen. Eine einzigartige Bilanz. Neben dem WM-Spiel 1998 waren es noch drei Freundschaftsspiele. Im Jahr vor dem WM-Coup, am 30.5.1997, schlug das skandinavische Land die Brasilianer sogar mit 4:2. Das erste Länderspiel zwischen den beiden Nationen am 28.7.88 in Oslo endete mit einem 1:1-Unentschieden. Der letzte Vergleich zwischen Norwegen und Brasilien fand am 16.5.2006 ebenfalls im Osloer Ullevaal-Stadion statt und endete erneut 1:1. In den insgesamt vier Begegnungen siegte somit zweimal Norwegen, zweimal endete die Partie gegen die Seleção Unentschieden (Tordifferenz 8:5).

Statistik:

28. Juli 1988 in Oslo: Norwegen – Brasilien 1:1
30. Mai 1997 in Oslo: Norwegen – Brasilien 4:2
23. Juni 1998 in Marseille: Brasilien – Norwegen 1:2 (WM Finalgruppe A)
16. Mai 2006 in Oslo: Norwegen – Brasilien 1:1

Der Elfmeter, der ein Abpfiff wurde

Von Jörn Hinrichsen

»Dein Bier!«
Freudestrahlend kommt Hanno durch das Gedränge der Nordkurve auf mich zu und hält mir einen halbvollen Plastikbecher mit Bier hin. Wie er es überhaupt geschafft hat, etwas in dem Becher vom Bierstand hinter der Tribüne durch das feiernde Publikum bis zu mir zu lassen, soll sein Geheimnis bleiben. Er grinst nur und meint, »Das 5 zu 0 eben von Scharping hätte mich fast auch noch den Rest gekostet, so wild haben die da oben abgefeiert.«
Ich drücke ihn kurz, nehme einen tiefen Schluck und beschließe, die letzten Minuten dieser denkwürdigen Saison zu genießen.
Sie begann alles andere als berauschend und schon am 2. Spieltag lagen wir auf Platz 15 und das nach einer 0:3 Rutsche bei Hansa. Am 7. Spieltag lag unser Team immer noch auf diesem Platz und langsam wurde uns doch ein bisschen mulmig. Thomforde, Trulsen, Dammann, Hollerbach, Szubert, Pröpper, Stanislawski, Sawitschew, Driller, Scharping und Co, alles gute Leute, aber die Mannschaft kam nicht in Schwung, nur ein Sieg in sieben Spielen. Doch dann ging es los. Vier Siege in Folge und bis zur Winterpause Platz 2. Euphorie machte sich bei allen breit und wurde noch größer, als Rostock im Rückspiel mit 2:0 geschlagen wurde und das Team von Uli Maslo plötzlich Spitzenreiter war. Aber St. Pauli wäre nicht St. Pauli, wenn es uns Fans nicht noch

mehr Drama geboten hätte. 5 Unentschieden in Serie, 14 insgesamt, bedeuteten am 29. Spieltag nur noch Platz 4 und das Zittern begann. Aber wir hatten das leichteste Restprogramm und vor dem heutigen Spiel stand wieder Platz 2 und damit ein Aufstiegsrang zu Buche. Und nun hatte Jens Scharping gerade das 5:0 gegen die als Absteiger feststehenden Homburger erzielt. Da ist es kein Wunder, dass sich das Millerntor zur großen Jubelsause fertig macht. Wahrscheinlich kann ich froh sein, überhaupt noch einen Schluck Bier bekommen zu haben.

Mein Blick gleitet durch das euphorisierte Stadion, die Anzeigetafel zeigt die 87. Minute an und überall stehen die Zuschauer schon in kleinen Gruppen am Spielfeldrand. Da sehe ich eine schwangere Frau ganz vorne am Zaun. Die tobende Masse drückt die arme massiv gegen die Begrenzung und sie ruft den Ordnern etwas zu. Einer kommt und öffnet das Tor, um sie von dem Druck zu befreien, was auch gelingt. Noch mehr Fans strömen durch die entstandene Lücke an den Spielfeldrand. Nur noch drei Minuten bis zur großen Party. Da pfeift Schiedsrichter Bodo Brandt-Chollé laut und deutlich und zeigt, ja wohin zeigt er eigentlich? Im ersten Moment denke ich Elfmeter, aber nun sieht es eher nach Schlusspfiff aus. Drei Minuten zu früh? Egal, es gibt kein Halten mehr. Der letzte Schluck Bier fliegt mit Becher in die Menge und wir drängen alle auf den Rasen und feiern unsere Helden. Gesänge, Umarmungen, feuchte Augen, überall wo ich hingucke. Hanno hängt in meinen Armen und schmatzt mir einen Kuss auf die Wangen. Heiser schreit er »Nie wieder - 2. Liga!«

Da höre ich unseren Stadionsprecher Rainer Wulff.
»Bitte bewahrt die Ruhe. Verlasst sofort den Platz!«
Wieso das denn? Einige Spieler haben nicht mal mehr ein Trikot an, Fans sitzen auf der Torlatte. Ganz Verrückte machen sich am Rasen zu schaffen.
»Ihr verspielt den Aufstieg!«
Aber im allgemeinen Jubel ist er schlecht zu verstehen und mir ist es auch egal, jetzt wird gefeiert. Doch Hanno wird ganz bleich, er ist selbst Schiedsrichter und brüllt mir etwas zu. Ich verstehe ihn nicht und will zu Driller, der ganz in unserer Nähe steht und auf einige Zuschauer wild fuchtelnd einredet. Da packt Hanno mich und schreit.
»Es war doch Elfmeter, das Spiel ist gar nicht zu Ende. Wir müssen alle vom Platz, sonst wird es 2:0 für den Gegner gewertet, da es ein selbstverschuldeter Spielabbruch ist! Wir brauchen die Punkte, Wolfsburg hat 3:1 gewonnen.«
Ich gucke ihn wie blöd an und verstehe nur Bahnhof. Die Menge wird etwas ruhiger, aber niemand verlässt das Spielfeld. Keiner hört auf Wulff, aber ich sehe immer mehr fragende Gesichter. Plötzlich eine neue Stimme am Mikrofon, Vizepräsident Hinzpeter.
»Ich habe eben mit dem Schiedsrichter gesprochen. Das Spiel wird mit 5:0 für uns gewertet!«
Begeisterung pur, grenzenloser Jubel! Diesmal schmatze ich den armen Hanno ab und beide rennen wir auf Martin Driller zu...
Erst Tage später wird mir klar, wie viel Glück wir und damit St. Pauli mit Schiedsrichter Brandt-Chollé hatten. In einem kurzen Statement nach der Partie behauptet er steif und

fest vor den Kameras, dass er keinen Elfmeter gepfiffen habe, obwohl die Bilder eindeutig anderes zeigen, er habe mit dem Pfiff das Spiel ordnungsgemäß beendet. Weiterhin hätten die Homburger vor den ganzen Fans am Rand Angst gehabt und so habe er sie Richtung Kabine gewinkt. Vielleich sei die Geste missverstanden worden. Somit heißt der Aufsteiger FC St. Pauli und wir sind überglücklich.

18. Juni 1995:
FC St. Pauli - FC Homburg 5:0 (3:0)
Tore: 1:0 Sawitschew (20.), 2:0 Driller (32.), 3:0 Scharping (37.), 4:0 Pröpper (57.), 5:0 Scharping (84.)
Zuschauer: 20.800

St. Pauli: Thomforde (79. Böse) - Stanislawski - Trulsen, Fröhling - Hanke, Driller (71. Schweißing), Pröpper, Szubert, Hollerbach - Scharping, Sawitschew (73. Springer)

Homburg: Eich -Jörg Schmidt - Kluge, Linke - Nuhic, Muschinka, Rus, Groh, Martuccio - Koch, Knobloch
Schiedsrichter: Bodo Brandt-Cholleé (Berlin)

Nachtrag:
Erst im Jahr 2014 klärte Schiedsrichter Bodo Brandt-Cholleé die unglaubliche Geschichte in einem Interview auf.
»Ich habe in den letzten Minuten kaum noch gepfiffen, weil schon so viele Fans am Rand standen. Dann gab es dieses Foul und ich konnte nicht anders, als Strafstoß zu pfeifen. Natürlich wurde das missverstanden, die Leute kamen von allen Seiten. Da habe ich den Arm ein wenig gedreht und weg vom Elfmeterpunkt zur Kabine gezeigt. Die Uhr habe ich dann in der Kabine zu Ende laufen lassen. Damit war die Sache korrekt.«

Dieser Mann stand für zwei Nationen im WM-Finale

Von Christina Kühnel

Einmal im Finale einer Weltmeisterschaft zu stehen, ist der Traum zahlloser Fußballspieler. Ein Traum, der sich nur den wenigsten von ihnen erfüllt. Umso erstaunlicher ist das Kunststück, das einst dem Kicker Luis Monti gelang. Er nahm zweimal an einem WM-Endspiel teil - und zwar für zwei unterschiedliche Nationen. 1930 stand er für Argentinien im Finale, vier Jahre später kickte er im Dienste der Italiener. Beide Male soll er Todesdrohungen erhalten haben.

Der 1901 in Buenos Aires geborene Kicker spielte ab 1927 für die argentinische Nationalmannschaft. Bei der ersten WM 1930 stand der bullige Mittelfeldspieler beim Finale mit auf dem Platz, als sein Heimatland 2:4 gegen den Gastgeber Uruguay verlor. Monti selbst blieb bei dem Spiel blass. Der Grund dafür ist unklar. War es eine Verletzung? Oder doch die Morddrohungen von sizilianischen Mafiosi, die er zuvor erhalten haben soll? Die sollen der Legende nach den Auftrag gehabt haben, den argentinischen Sieg zu verhindern und Monti nach Italien zu locken.

Tatsächlich wechselte der Spieler, der wegen seiner wuchtigen physischen Präsenz auch "doble ancho" ("doppeltüriger Kleiderschrank") genannt wurde, 1931 zum italienischen Verein Juventus Turin. Mit diesem Club gewann er

zwischen 1932 und 1935 viermal in Folge den Meisterschaftstitel.
Im Dezember 1932 holte Coach Vittorio Pozzo den Kicker dann auch zur italienischen Nationalmannschaft. Das war möglich, weil Montis Eltern aus Italien stammten - und die FIFA-Regel, dass Fußballer nicht für mehr als ein Land spielen dürfen, erst 1964 eingeführt wurde.

Bei der WM 1934 trat Monti deshalb für das Heimatland seiner Eltern an. Auch dieses Mal soll das Leben des Kickers bedroht worden sein - und zwar von Diktator Benito Mussolini persönlich. Der Duce soll, so wird gemunkelt, in einem Brief gedroht haben: "Ihr seid eures Glückes Schmiede. Wenn ihr gewinnt, gut. Wenn ihr verliert, dann möge Gott euch gnädig sein!" Doch zum Glück holten die Azzurri im Endspiel gegen die Tschechoslowakei mit 2:1 den Sieg - und der Argentinier Luis Monti wurde Weltmeister, 44 Jahre bevor sein Land schließlich 1978 den Titel holte.
Er war übrigens nicht der einzige Argentinier in den Diensten der italienischen Nationalmannschaft. Auch Raimundo Orsi, der eines der Finaltore schoss, sowie Enrique Guaita waren ebenfalls von den Azzurri angeworben worden. Sie hatten jedoch nicht wie Monti bei der WM 1930 für Argentinien gespielt.

Die dunkle Seite des vielleicht besten Mittelstürmers aller Zeiten

Von Rüdiger Fröhlich

14 Tore in 15 Länderspielen. Alleine in seinen letzten fünf Länderspielen für Deutschland schoss er als Kapitän 10 Tore. Drei deutsche Meistertitel holte er mit dem HSV und schoss unglaubliche 387 Pflichtspieltore für die Hamburger: Sie denken an Uwe Seeler oder Horst Hrubesch? Nein, der Spieler von dem hier die Rede sein soll, stammt aus einer anderen Zeit. Otto Fritz "Tull" Harder war einer der größten Fußballspieler der 20er Jahre und eines der ersten Sportidole in Deutschland, aber auch Kriegsverbrecher in mehreren Konzentrationslagern in der Nazi-Zeit. Nach dem Ersten Weltkrieg war er der populärste deutsche Sportsmann überhaupt. Harder wurde zu seiner Zeit "König der Mittelstürmer" genannt, die HSV-Fans sangen "wenn spielt der Harder Tull, dann heißt es drei zu null". Seine Stärke waren seine berühmten Alleingänge. Harder war die strahlende Galionsfigur des HSV, „ein kernfester Mann mit heißem Draufgängerherz und kühlem Kopf, den seinerzeit jeder von Flensburg bis Freilassing, von Saarbrücken bis nach Memel kannte", wie es damals hieß. 1929 gewann der Hamburger SV gegen CD Penarol de Montevideo, das fast identisch mit dem Team Uruguays als Doppel-Olympiasieger war und 1930 als erstes Land Fußball-

Weltmeister wurde, mit 4:2. Alle vier Tore für den HSV erzielte Tull Harder.

Otto Harder begann seine fußballerische Karriere im Alter von 16 Jahren bei Hohenzollern Braunschweig, bereits ein Jahr später wechselte er zu Eintracht Braunschweig. Zu seinem Spitznamen „Tull" kam Harder 1910 aufgrund eines Spiels der Eintracht gegen die englische Profimannschaft Tottenham Hotspur. Der Engländer Walter Daniel Tull war der erste schwarze Feldspieler im britischen Profifußball und glich dem 1,90 m großen Harder in der Statur. Tull Harder kam dann mit 17 Jahren unter dubiosen Umständen aus Braunschweig nach Hamburg. Fans der Eintracht wollten Harder gewaltsam an der Fahrt nach Hamburg hindern, dieser jedoch hatte Wind von der Aktion bekommen und stieg in Peine in den Zug. Er war 1,90 Meter groß, dennoch ein herausragender Techniker, ein mitreißender Stürmer, dessen Dribblings kaum zu stoppen waren. Harder leistete im Ersten Weltkrieg Kriegsdienst und erhielt das Eiserne Kreuz zweiter und nach der Erstürmung einer Festung erster Klasse. Im Jahr 1922 stand Tull Harder erstmals mit dem Hamburger SV in einem Endspiel um die Deutsche Meisterschaft. Nach zwei legendären Spielen gegen Nürnberg ohne Sieger verzichtete der HSV auf den Titel und holte sich dann ein Jahr später 1923 durch einen 3:0-Sieg gegen Union Oberschöneweide aus Berlin den Titel. Die Tore schossen Harder (31.), Breuel (70.) und Schneider (90.). Der blonde Nationalstürmer feierte seine Erfolge oft bis zur Besinnungslosigkeit. Tull Harder galt als Pfundskerl, raufte gerne, soff gerne und rauchte Kette, hatte aber auch ein Faible für preußische Disziplin und Ordnung. Sein Stil als Stürmer war entschieden martialisch: Harder fackelte auf dem Platz nicht lange. Er ging dorthin, wo es weh tat, setzte sich gegen seine Gegenspieler durch und traf. 1924 stand der HSV erneut im Endspiel um die Deutsche Meisterschaft, unterlag aber trotz Überlegenheit 0:2 gegen den 1. FC Nürnberg. Tull Harder fehlte bei den Hamburgern in der Endrunde gegen Sportfreunde Breslau (3:0) und gegen den SV Leipzig (1:0) und war im Finale weit von seiner Normalform entfernt. Im Meisterjahr 1928 markierte Harder mit 36 Jahren einen neuen Fabel-Rekord und erzielte im Spiel gegen den Wandsbeker FC sagenhafte 12 Tore. Harder hatte erneut maßgeblichen Anteil am Gewinn der Meisterschaft und schoss in der Endrunde beim 8:2-Sieg gegen Bayern München wie auch beim 4:0-Sieg gegen den VfB Königsberg je drei Tore. Auch beim 5:2-Finalsieg über Hertha BSC Berlin traf Harder erneut. Reichstrainer Otto Nerz nahm Harder trotzdem nicht mit zu den Olympischen Spielen 1928.

1930 wechselte Harder zum SC Victoria Hamburg, um zwei Jahre später mit 40 Jahren endgültig seine Karriere beim VfB Kiel zu beenden.

„Harder war ein Techniker erster Klasse, aber sein Stil brauchte die Technik, die sich namentlich im ungeheuer sicheren Ballführen klarem Schießen und Köpfen auswirkte, nicht zum Schnörkeln. Sie war ihm zur Voraussetzung seiner

ureigensten Art mit einer beispiellosen Sicherheit und Kraft mit einem selten gesehenen explosiven Start auf dem kürzesten Weg auf das Tor zuzusteuern, gegeben. Tull Harder zerbrach sich nicht den Kopf, wie man eine Aktion anlegen konnte, sondern er handelte sofort. Adolf Jäger führte seine Elf mit Raffinesse wie Schachfiguren, Harder dagegen bot so schnell wie es ging Schach!"
(Dr. Friedebert Becker, Kicker)

Danach begann der radikale Absturz vom deutschen Sportidol zum NS-Kriegsverbrecher. Tull Harder wurde 1932 Mitglied der NSDAP und trat 1933 in die SS ein. Harder war zwar kein besonders politischer Mensch, doch Hitlers Ruf nach Revanche für die Niederlage im Ersten Weltkrieg, seine Hetzparolen gegen „Juden, Kommunisten und Asoziale" deckten sich mit den Ansichten des Fußball-Stars. Harder hatte versucht, sich im 2. Weltkrieg freiwillig an die Front zu melden. Aufgrund seines Alters wurde dem aber nicht stattgegeben, sondern er war in den Innendienst gekommen und dann im KZ Sachsenhausen und im KZ Neuengamme Wachmann, später als SS-Hauptscharführer der Kommandant des KZ Hannover-Ahlem. Noch 1945 wurde Tull Harder zum SS-Untersturmführer befördert. 1947 auf der Anklagebank im Curiohaus in Hamburg forderte sein Verteidiger einige englische Sportler und den deutschen Fußballfachmann Dr. Pecco Bauwens auf, ihn zu entlasten – vergeblich. Während der Verhandlung distanzierte Harder sich nicht vom Nationalsozialismus und bekannte sich „nicht schuldig". Er wurde von der britischen

Besatzungsmacht als Kriegsverbrecher zu 15 Jahren Gefängnis verurteilt, kam jedoch schon 1951 wieder frei. Als Harder das Gefängnis verlassen durfte, wurde er von seinen ehemaligen Freunden gemieden.

Der Hamburger SV schloss sein Mitglied vorübergehend aus. Vom HSV-Publikum soll Harder 1952 jubelnd im Stadion begrüßt worden sein. Als Tull Harder am 4. März 1956 im Alter von 63 Jahren starb, war in den Vereinsnachrichten zu lesen: „Nun ist er nicht mehr, aber unsere Gedanken werden noch oft bei ihm weilen und den schönen Stunden gedenken, die er uns bereitet hat und die wir mit ihm erlebten." Am Begräbnis nahmen zahlreiche Vereinsvertreter des Hamburger SV teil, Jugendspieler des Vereins bildeten eine Ehrenwache. Seinen Sarg bedeckte eine HSV-Fahne.

Gerd Müller ist nicht der Nationalspieler mit der besten Torquote

Von Christina Kühnel

Als Bomber der Nation wurde Gerd Müller zur Legende. 68 Mal traf der Stürmer für die DFB-Elf und war damit lange Zeit der alleinige Rekordtorschütze, bis Miroslav Klose ihn 2013 einholte. Im Gegensatz zu diesem benötigte Müller jedoch nur 62 statt 129 Partien, um den Rekord aufzustellen. Umso erstaunlicher deshalb, dass der heute 68-Jährige bei Weitem nicht die beste Torquote der Nationalmannschaft hat: Mit durchschnittlich 1,1 Toren pro Spiel liegt Müller in der Rangliste nur auf Platz neun.

Auf der Spitzenposition befindet sich der verstorbene Karlsruher Kicker Gottfried Fuchs (1889-1972) mit einer sagenhaften Quote von 2,17 Toren pro Spiel. Insgesamt spielte er allerdings nur sechsmal für die deutsche Nationalelf - der Ausbruch des Ersten Weltkriegs beendete seine Karriere im Nationaltrikot abrupt. Davor gelang ihm aber bei den Olympischen Spielen 1912 ein bis heute unerreichtes Kunststück: Er schoss zehn Tore bei einem einzigen Länderspiel. Das Endergebnis der Partie gegen Russland lautete 16:0, der höchste Sieg einer deutschen Nationalmannschaft aller Zeiten.

Besonderes Augenmerk verdient auch der Stürmer Ernst Willimowksi (1916-1997), der mit einem Torquotienten von

1,63 auf Platz vier des Rankings liegt. Willimowski begann seine Kickerkarriere 1934 als polnischer Nationalspieler. Schon hier erwies er sich mit 21 Treffern in 22 Spielen als äußerst erfolgreicher Angreifer, der bei der Weltmeisterschaft 1938 sogar Reichstrainer Sepp Herberger auf sich aufmerksam machte. Nach dem Einmarsch der Wehrmacht in Polen wechselte der deutschstämmige Fußballer in die Nationalmannschaft des Dritten Reiches.

Für diese bestritt Willimowski 1941/42 acht Spiele und schoss dabei 13 Tore. Gegen die damals zur Weltspitze gehörenden Schweizer trug er 1942 volle vier Treffer zum 5:3-Erfolg der Deutschen bei. Fußball-Legende Fritz Walter sagte über ihn gar: "Für mich der größte aller Torjäger." Doch nach dem Krieg war mit Willimowskis Karriere Schluss. In Polen galt er wegen seines Wechsels in die deutsche Nationalmannschaft als Verräter, in Deutschland geriet er so gut wie in Vergessenheit, auch wenn er noch eine Weile für diverse Clubs wie den SG Chemnitz-West und VfR Kaiserslautern kickte.

So beeindruckend die Torquoten von Fuchs und Willimowski jedoch auch waren, beide absolvierten insgesamt weniger als zehn Partien im Nationaltrikot - wie alle anderen Kicker mit einem besseren Torquotienten als Gerd Müller. Insofern lässt sich deren Leistung natürlich nicht mit der des Bayern-München-Veterans vergleichen, der in 62 Partien 68 Tore schoss und sich somit auf völlig unerreichte

Weise über einen langen Zeitraum als verlässlicher Torgarant erwies.

Übrigens gelang es nur insgesamt zehn Spielern, durchschnittlich mehr als ein Tor pro Spiel bei mindestens drei absolvierten Partien zu schießen.

Hier die gesamte Liste:

Platz	Name	Tore	Spiele	Tore/Spiel
1	Gottfried Fuchs	13	6	2,17
2	Ludwig Damminger	5	3	1,67
	Ernst Poertgen	5	3	1,67
4	Ernst Willimowski	13	8	1,63
5	Georg Frank	5	4	1,25
	Oskar Rohr	5	4	1,25
7	August Klingler	6	5	1,20
8	Franz Binder	10	9	1,11
9	Gerd Müller	68	62	1,10
10	Helmut Schön	17	16	1,06

Der unglaublichste Bundesliga-Aufstieg aller Zeiten

Von Rüdiger Fröhlich

„Auferstanden aus Ruinen", titelte das Kicker-Sportmagazin, die Welt sprach von „Deutschlands schönster Fußball-Romanze", die Headline der Bild-Zeitung lautete „Der besoffenste Aufsteiger", die Frankfurter Rundschau schrieb „Helden für die Ewigkeit" und der Sender N24 brachte den TV-Beitrag „Das unglaublichste Fußball-Märchen Deutschlands". Das ZDF heute-journal machte sogar mit dem Aufstieg der Lilien als Hauptthema auf: „Stadt im Höhenflug: Darmstadt in der 1. Liga". Und in der Tat war der Bundesliga-Aufstieg von Darmstadt 98 im Jahr 2015 der unglaublichste aller Zeiten.

Der kleinste Kader der 2. Liga, der geringste Etat von nur 5 Millionen Euro und ein Team aus gescheiterten Profis, teilweise kamen sie direkt vom Arbeitsamt zum Stadion am Böllenfalltor. Vor der Saison wurden insgesamt gerade mal 25.000 Euro in Ablösesummen investiert und zum Zeitpunkt des Aufstiegs gab es nur 12 Mitarbeiter. Was in den Jahren 2013 bis 2015 beim SV Darmstadt 98 passiert ist, ist mit Worten kaum zu beschreiben. Lilien-Kapitän Aytac Sulu versuchte nach dem Darmstädter „Uffstiech" das Phänomen mit dem Wort „geisteskrank" zu erklären. Stürmer Marco „Toni" Sailer sagte: „Wir denken nur von Feier zu Feier. Jetzt ist mein Ziel erst einmal 7,9 Promille." Trainer Dirk Schuster auf die Frage, wie lange er nach dem entscheidenden 1:0 gegen St. Pauli geschlafen hat: „Keine Ahnung. Ich war voll." Und der Darmstadt-98-Boss Rüdiger Fritsch antwortete auf die Frage nach der Bundesliga-Tauglichkeit des abgehalfterten Böllfenfalltor-Stadions nur trocken: "Wenn Pep kommt, wischen wir vorher noch mal durch." Highlight der Aufstiegsfeier im Darmstädter „Ratskeller" war der Auftritt von Vize-Präsident Volker Harr. Weil er vor der Saison gewettet hatte, dass die Lilien höchstens Vierter werden, musste er bei der Party einen Striptease hinlegen. Nur im weißen Schlüpfer stand er auf der Bühne, ein sensationelles Foto, das durch Deutschlands Presselandschaft ging. Der Vize-Boss selber dazu: „Eine megageile Party!"

Darmstadts Aufstiegs-Märchen waren bereits in den zwei Jahren zuvor zwei unfassbare und dramatische Ereignisse vorhergegangen, die das Team der zuvor Gescheiterten fest zusammengeschweißt hat.

Rückblende: 18. Mai 2013: Der SV Darmstadt 98 spielt am letzten Spieltag am „Bölle" gegen die Stuttgarter Kickers. Ein Schicksalsspiel, die Lilien müssen gewinnen, um in der 3. Liga zu bleiben. Es steht 0:1, die Schlussphase läuft, und die 13.600 Zuschauer im Stadion peitschen ihre Mannschaft mit aller Macht nach vorn. Ein Pfostentreffer, dann das 1:1 durch einen Linksschuss von Elton da Costa. Die Stimmung im Stadion kocht. Kurz vor Schluss dann Dramatik pur, ein Lattentreffer, dann der bittere Abpfiff von Schiedsrichter Günter Perl. Alles aus, Darmstadt 98 ist abgestiegen. Ausradiert von der Fußball-Landkarte. Spieler mit gültigem Arbeitsvertrag für die vierte Klasse im Kader:

null. Dann die unfassbare Wende: Kickers Offenbach wird kurz darauf die Drittligalizenz entzogen, die Lilien bleiben nachträglich doch noch in der 3. Liga. Mit schmalem Budget werden Profis von der Resterampe des Marktes verpflichtet.

Gleich in der nächsten Saison sorgt Darmstadt 98 für die nächste atemberaubende Geschichte. Die Lilien treffen und siegen, treffen und siegen – es nimmt überhaupt kein Ende mehr. Wöchentlich wird erwartet, dass die unheimliche Siegesserie reißt. Tut sie aber nicht und plötzlich werden sie mit 72 Punkten hinter Heidenheim und RB Leipzig Dritter, der Aufstieg in die 2. Liga ist zum Greifen nahe. Am 16.5.2014 spielt Darmstadt 98 in der Aufstiegsrelegation gegen Arminia Bielefeld. Die Lilien-Fans sind aus dem Häuschen, 16.300 Zuschauer im ausverkauften Böllenfalltorstadion. Dann zerstören Bielefelds Müller, Sahar und Hille eigentlich schon den Traum der Lilien von einer Zweitliga-Rückkehr: eine bitterböse 1:3-Heimpleite im Relegations-Hinspiel. „Arminia Bielefeld so gut wie gerettet", schrieben die Zeitungen unisono. Als die Lilien zum Rückspiel bei Zweitligist Arminia Bielefeld auflaufen, tragen alle elf Spieler ein blaues Armband. Die Aufschrift: "Du musst kämpfen. Es ist noch nichts verloren."

Welt-Redakteur Lutz Wöckener über den Hintergrund des blauen Armbandes:

„Er war ein hoffnungsvolles Fußballtalent und hessischer Jugendmeister im Tennis. Dann, im Alter von elf Jahren, entdeckten sie in seinem Kopf einen Gehirntumor. Jonathan

Heimes kämpfte und besiegte den Krebs. Doch die Tumore kamen zurück. Im Gehirn, im Rückenmark. Seit 14 Jahren geht das nun so, viermal hat er um sein Leben gerungen – und gewonnen. "Du musst kämpfen. Es ist noch nichts verloren", lautet sein Lebensmotto, und ohne Johnny Heimes wäre die unglaublichste Story im deutschen Fußball nicht möglich gewesen. So erzählen sie es jedenfalls in Darmstadt, da wo die Lilien zu Hause sind. In den Fankneipen, auf den Tribünen, auf dem Platz. Der Spruch des glühenden Anhängers von SV Darmstadt 98 wurde von der Mannschaft adaptiert und gab ihr einen Sinn, eine Überschrift, ein Ziel. Er war die Triebfeder eines Aufstiegs, der im Sommer 2013 in der Regionalliga Süd begann und – nonstop – in die Bundesliga führte."

Was folgte war die größtmögliche Dramatik beim Spiel auf der Bielefelder Alm. Darmstadt 98 überrannte den verdutzten Zweitligisten fast und hätte schon während der 90 Minuten die nötigen vier Tore erzielen müssen. Es wurden nur die drei von Dominik Stroh-Engel (23.), Hanno Behrens (51.) und Jerome Gondorf (79.), weil Bielefelds Torwart Stefan Ortega ein paar Male glänzend reagierte und zweimal jemand auf der Linie rettete. 22 Torschüsse gaben die Darmstädter in der sensationellen Partie ab, Gondorfs 3:1 brachte die Verlängerung. Dann wurde dieser Fußball-Krimi noch dramatischer: Kacper Przybylko (110.) traf für die Arminia. Trotz der fantastischen Aufholjagd schien Darmstadt 98 leer auszugehen. Mit der letzten Aktion des Spiels fällt das 4:2 für die Lilien durch Joker Elton da Costa in der

122. Minute. Darmstadt ist nach 21 Jahren wieder zweitklassig und schafft das nächste Fußball-Wunder. Die Süddeutsche Zeitung titelte „Auferstehung in einer Explosion des Glücks".

Wer sich die Darmstädter Helden näher anschaut, erhält eine Liste von gescheiterten und aussortierten Profis: Abwehrchef und Kapitän Aytac Sulu schaffte es nicht bei 1899 Hoffenheim und spielte für den österreichischen Zweitligisten Altach. Stürmer „Toni" Sailer wurde in Heidenheim nicht mehr gebraucht. Flügelspieler Marcel Heller wurde bei Eintracht Frankfurt ausgemustert, ebenso Torjäger Dominik Stroh-Engel beim Drittligisten Wehen Wiesbaden. Rechtsverteidiger Leon Balogun war drei Monate arbeitslos, Benjamin Gorka nach Stationen in Aalen und Osnabrück sogar ein ganzes Jahr vereinslos. Florian Jungwirth und Michael Stegmayer galten früher als deutsche Supertalente, die dann aber böse abstürzten. Jungwirth führte die deutsche U19-Auswahl 2008 zum EM-Titel, später wurde er beim VfL Bochum aussortiert. Stegmayer durchlief alle Junioren-Nationalmannschaften, war Deutscher A-Jugend-Meister mit dem FC Bayern, kickte auch für den VfL Wolfsburg, landete dann aber beim FC Vaduz in Liechtenstein. Die Liste ließe sich problemlos erweitern.

Roh, rau und echt: Unglaublich ist auch das Stadion am „Bölle", dieser Kultstätte des Fußballs. „Stinkig, schimmlig, eklig", schrieb die taz treffend, wobei letzteres der drei Adjektive auch explizit auf die Spielweise der Hessen gemünzt war. Eigentlich war das marode Bauwerk nicht mal mehr zweitligatauglich. Steinstufen, DIXI-Klos und staubige

Wege umgeben dieses Stück Fußball-Geschichte aus dem Jahr 1921, dessen Fassungsvermögen aus Sicherheitsgründen auf 16.500 beschränkt wurde. Die an eine Schulturnhalle erinnernde Umkleidekabine befindet sich direkt neben dem Presseraum. „Die Kabine stinkt enorm", erklärte Darmstadt-Keeper Christian Mathenia im Aufstiegsjubel. „Die Bundesligisten können sich auf Schimmel und kalte Duschen freuen", ergänzte Stürmer Dominik Stroh-Engel. Der Kabinentrakt ähnelt einem Luftschutzbunker, zwischen den Stufen im Stadion wuchert ab und zu Unkraut und der Presseraum sieht aus wie der Klubraum eines Dorfvereins. Es fehlt an so ziemlich allem, was in den neugebauten Fußball-Arenen selbstverständlich ist. Die Ordner am Eingang knipsen die Karten noch mit einer Metallzange ab. Seit dem ersten Aufstieg 1978 hat sich eigentlich nicht viel geändert. "Die Vorfreude auf die Bundesliga ist riesig" sagte Angreifer "Toni" Sailer. Auf seinem linken Unterarm steht ein Spruch, den er sich kurz vor dem Aufstieg hat tätowieren lassen: "Du musst kämpfen. Es ist noch nichts verloren."

Die Tragik des österreichischen Wunderfußballers

Von Jörn Hinrichsen

Wenn einem Lionel Messi in der Fußgängerzone begegnen würde, dann wäre die Wahrscheinlichkeit, einfach an ihm vorbeizugehen, ziemlich groß. Klein, unauffälliges und bescheidenes Auftreten, Jeans und T-Shirt, eben ein Mann wie viele andere auch. Würde er aber einen Ball dabei haben, dann hätten wir eine völlig andere Wahrnehmung. Einzigartig, faszinierend, genial oder wie Xabi Alonso sagte, nicht von diesem Planeten. So ähnlich muss es auch bei Matthias Sindelar gewesen sein, der 1903 in Iglau, Österreich geboren wurde und bis zu seinem tragischen Tod 1939 für die Austria aus Wien spielte. Fast 80 Jahre nach seinem letzten Spiel (2:2 bei Hertha BSC, Sindelar erzielte ein Tor) fällt eine objektive Bewertung natürlich schwer. Ordnet man seine Leistungen, seine Art Fußball zu spielen aber in die damalige Zeit richtig ein, dann war der österreichische Mittelstürmer wahrscheinlich einer, vielleicht sogar der beste Spieler seiner Zeit. Der Fußball in den Zwanzigern und Dreißigern wurde geprägt von Kämpfertypen wie dem Deutschen Tull Harder oder den robusten Italienern, denen man heute noch nachsagt, sich zu zwei WM Titeln getreten zu haben. Matthias Sindelar war eher von schmächtiger Statur und bekam schon früh den nicht gerade schmeichelhaften Spitznamen »Der Papierene«. Er konnte nicht wie die klassischen Mittelstürmer in jeden Ball reingehen und notfalls den Verteidiger mit ins Tor kloppen, Sindelar spielte Fußball, genau wie es ein Lionel Messi heute auch tut. Enge Ballführung, überragende Technik, Schnelligkeit, er war überall auf dem Platz und ließ sich in kein festes System einordnen. Das machte ihn so gefährlich. Er dribbelte seine Gegenspieler aus, wartete auf der Torlinie, dribbelte sie erneut aus und schob den Ball erst danach lässig über die Linie. Kein Wunder also, dass die Austria ihre 1999 errichtete Südtribüne in der Generali-Arena nach ihrem Mittelstürmer benannte, der ihr Zeit seines Lebens immer treu blieb, obwohl der halbe Kontinent ihm Angebote machte. Angeblich bot Arsenal London schon damals 40000 Pfund Handgeld, was Sindelar kommentarlos ablehnte.

Die ersten Jahre bei der Austria waren für den jungen Mittelstürmer persönlich zwar erfolgreich, die Mannschaft blieb aber nach einem Meistertitel (1926) hinter den Erwartungen zurück und dümpelte im Mittelfeld. Trotzdem stieg Sindelar schnell aufgrund seiner Spielweise zum Liebling der Wiener auf und nach und nach bekam er den schon deutlich ehrenvolleren Spitznamen »Rasenmozart«. Auch in der Nationalmannschaft debütierte er 1926 und schoss in seinen ersten drei Spielen vier Tore. Allerdings gefiel dem Verbandstrainer Hugo Meisl Sindelars Spielweise nicht und so stellte er ihn ab 1928 für 14 Spiele nicht mehr auf. Anlass war eine Niederlage gegen eine süddeutsche Auswahl auf schneebedecktem Boden, der zu zahlreichen Fehlern Sindelars geführt hatte. Doch auch die Journalisten liebten den schmächtigen Techniker und übten massiven Druck auf den Trainer aus, der 1931 entnervt seinen ungeliebten Mittelstürmer zurückholte, die Geburt des Österreichischen Wunderteams.

Das erste Spiel nach Sindelars Begnadigung war ein sensationelles 5:0 gegen die auf dem Festland ungeschlagenen Schotten. Es folgten Siege gegen das Deutsche Reich (6:0/5:0), die Schweiz, Frankreich, Italien, Belgien und Schweden. Im April 1932 ging es gegen den großen Rivalen aus Ungarn, eines der besten Teams seiner Zeit. Sindelar erzielte 3 Tore und legte 5 weitere auf, Endstand 8:2. Die Österreicher gewannen dabei auch noch 1932 den Vorläufer der Europameisterschaft in einer Fünfergruppe mit Hin- und Rückspiel vor Italien und Ungarn. Der einzige Titelgewinn Österreichs bis zum heutigen Tage! Alles sprach vom Wunderteam um Kapitän Matthias Sindelar. Den größten Respekt erhielt das Team aber bei einer Niederlage, als es an der Stamford Bridge in einem engen Spiel 3:4 gegen England verlor. Die englische Mannschaft hatte vorher noch nie mehr als ein Gegentor von einem Festlandteam bekommen und musste dreimal den Anschlusstreffer hinnehmen. Sindelar schoss das 2:3. England sollte noch bis 1953 zu Hause ungeschlagen bleiben. Das Spiel wurde live im Radio übertragen und überall versammelten sich die Österreicher, um dem Spiel zu folgen. Es wurden riesige Lautsprecheranlagen aufgebaut und auf dem Heldenplatz in Wien fand quasi ein public hearing statt. Der Fußball in Österreich wurde dank des Wunderteams zum Massenphänomen. Matthias Sindelar war der Kapitän, Spielmacher und Torjäger.

In der Meisterschaft lief es für die Austria ab 1926 weniger gut und Sindelar konnte nur den einen Meistertitel verbuchen. Dafür gelangen ihm 5 Pokalsiege, die gleichzeitig die Qualifikation zum Mitropapokal, dem Vorgänger des Europapokals, bedeuteten. Hier schlug wieder die Stunde des eleganten und technisch so versierten Mittelstürmers. 1933 standen sich Inter Mailand mit Superstar Giuseppe Meazza und Austria Wien in zwei Finalspielen gegenüber. In Mailand verloren die Österreicher mit 1:2 und mussten zu Hause also gewinnen. Sindelar erzielte die ersten beiden Tore und Wien führte kurz vor Schluss mit 2:0. Da schlug Meazza zu und das 2:1 hätte ein Entscheidungsspiel bedeutet, da es damals noch keine Verlängerung gab. Doch in der letzten Spielminute war es erneut Matthias Sindelar, mit seinem dritten Tor, der die Austria zum Titel schoss. 1936 holten sich die Hauptstädter erneut den Mitropacup (0:0 und 1:0 gegen Sparta Prag). Für Austria Wien sind es die beiden einzigen internationalen Titel.

In der Nationalmannschaft lief es nicht mehr so gut. Zwar reisten die Österreicher 1934 als Mitfavorit nach Italien, doch sieben Spieler des Wunderteams fehlten wegen Verletzungen oder weil sie weit entfernt im Ausland spielten. Das Team kam noch bis ins Halbfinale, unterlag dort aber in einem skandalösen Spiel Gastgeber Italien mit 0:1. Später stellte sich heraus, dass der schwedische Schiedsrichter Eklind bestochen worden war und einen Tag vor dem Spiel noch als Ehrengast bei Benito Mussolini auftauchte. Sinderlar wurde so häufig gefoult, dass er das Spiel um Platz 3 gegen Deutschland (2:3) nicht mehr bestreiten konnte.

Das tragische Ende des Genies am Ball begann mit dem Anschluss Österreichs an das Deutsche Reich. Die Nationalmannschaft wurde aufgelöst, der Profifußball abgeschafft, jüdische Spieler verhaftet, Vereine verboten. Darunter auch Austria Wien, die dann aber als SC Ostmark

Wien weiter bestehen durften. Das so genannte Anschlussspiel zwischen der Ostmark und dem Deutschen Reich entschieden die Österreicher mit dem zwischenzeitlichen 1:0 durch Sindelar mit 2:0 für sich. Ein Affront gegen die neue Macht im Land. Der sonst eher introvertierte und unpolitische Mittelstürmer provozierte nach seinem Tor vor der Ehrentribüne die Nationalsozialisten. Kurze Zeit später fand die WM in Frankreich statt, an der Österreich als nicht mehr eigenständiges Land nicht teilnehmen durfte. Die Reichsführung entschied, dass sechs Spieler des Deutschen Reiches und fünf der Ostmark spielen sollten und gab Trainer Sepp Herberger den Auftrag, die Mannschaft zu formen. Dies ging in der kurzen Zeit gründlich daneben. Matthias Sindelar weigerte sich, der Einladung des Reichstrainers zu folgen und spielte nicht mehr international. Das Deutsche Reich verlor schon das Erstrundenspiel gegen die Schweiz und schied aus.

Über den Tod des Papierenen gibt es zahlreiche Spekulationen. Sindelar versuchte, sich ein zweites Standbein zu schaffen und kaufte ein arisiertes Kaffeehaus in Wien. Der ehemalige jüdische Besitzer Leopold Simon Drill wurde später in Theresienstadt ermordet. Die Nationalsozialisten versuchten Sindelar vor ihren Propaganda-Karren zu spannen, was aber nicht funktionierte. Der unpolitische Wiener weigerte sich, in die Partei einzutreten. Am 23. Januar 1939 starb Matthias Sindelar in seinem Bett an einer Kohlenmonoxid-Vergiftung, mit ihm starb seine jüdische Freundin Camilla Castagnola. Angeblich war der Kamin defekt, so dass es zu der Vergiftung kam. Andere sprachen von einem absichtlichen Verstopfen und folgerten daraus Selbstmord.

Das Wiener Exil schlachtete das aus und machte Sindelar zur Ikone der Wiener Identität, der mit den Nazis nicht mehr habe leben können. Aber auch Mord durch die Nationalsozialisten steht bis heute im Raum, die Akte verschwand in den Wirren des 2. Weltkrieges. So wird es immer Spekulation bleiben, warum ein so großartiger Fußballer so tragisch enden musste.

Was war Matthias Sindelar für ein Mensch, dem die Wiener eine Straße widmeten und die Österreicher eine Briefmarke, wenn er nicht auf dem Fußballplatz stand und von seinen Wienern angefeuert wurde? Zeitzeugen beschrieben ihn als introvertiert, eher scheu und höchst sensibel. Das passte zu seiner Spielweise, die so anders war als die der meisten anderen. Er wohnte Zeit seines Lebens bei seiner Mutter, wechselte nie den Verein und blieb der Arbeiterschicht eng verbunden. Regelmäßig besorgte er allen Kindern in der Nachbarschaft Freikarten. Um sich zurückzuziehen, hatte er einen kleinen Schrebergarten, denn er regelmäßig aufsuchte. Andererseits war er aber auch der große Star der Wiener Szene und verstand sich auf Vermarktung. Er warb für Anzüge, Uhren oder Milchprodukte, tauchte in einem Film auf und arbeitete als Abteilungsleiter nebenbei in einer Sportartikelfirma. Es gab sogar schon Sindelar-Fußbälle. Trotzdem erlag er nie dem Werben der großen Clubs in Europa und verzichtete für die damalige Zeit auf Unsummen und Titel, quasi so, als ob Christiano Ronaldo immer noch bei Sporting Lissabon um die goldenen Ananas spielen würde. Die fußballerische Klasse Sindelars ist unbestritten und wahrscheinlich war er tatsächlich der beste Fußballer seiner Zeit. Als Mensch hatte er etwas von Lionel

Messi, der manchmal auch traurig und verloren wirkt, aber wehe, es gibt ihm einer einen Ball!

Tabubruch bei der ARD erzürnt den FC Bayern München

Von Jörn Hinrichsen

Klaus Augenthalers 50 Meter Schuss, Klaus Fischers Fallrückzieher, Zlatan Ibrahimović' Flugeinlage oder Jay-Jay Okochas Traumsolo durch die Bayern Abwehr mit Abschluss gegen Oliver Kahn. Wer schaut nicht gerne das Tor des Monats in der ARD. Da gab es in der 44-jährigen Geschichte jede Menge unfassbare Fußballkunst zu bewundern und so manche Rekorde zu bestaunen.

Es war der erste Spieltag der Saison 1985/86 als Bayern München als amtierender Deutscher Meister beim Deutschen Pokalsieger Bayer Uerdingen antreten musste, die das Pokalfinale eben gegen jene Bayern zweieinhalb Monate zuvor sensationell mit 2:1 gewonnen hatten. Das Spiel hatte zwar Torchancen, Uerdingen war das aktivere Team, aber wäre als wenig spektakuläres 0:0 in die Bundesligaanalen eingegangen, wenn da nicht Helmut Winkelhofer und die 30. Spielminute gewesen wären. Uerdingens Stürmer Lárus Guðmundsson missglückte eine Ballannahme ca. 30 Meter vor dem gegnerischen Tor, der Ball sprang ihm vom Fuß auf den bayrischen Verteidiger zu, der den Ball wohl über das lange Bein des Stürmers lupfen wollte, allerdings viel zu scharf. Da Torhüter Jean-Marie Pfaff auf Höhe der 5 Meter Linie stand, flog das Geschoss unhaltbar über ihn unter die Latte des Tores zum 0:1. Dieses Eigentor war gleichzeitig der Endstand des Spiels und Bayer Uerdingen sollte sensationell Dritter in dieser Spielzeit werden und mit dem 7:3 über Dynamo Dresden zudem auch noch Europapokal-Geschichte schreiben.

Ein Eigentor, na und, könnte man sagen. Schließlich fielen regelmäßig welche und die Bayern hatten mit Kaiser Franz einen der besten dabei. 4 Treffer ins eigene Tor ist Rekord in München und niemand redet darüber. Das Besondere an Helmut Winkelhofers Tor ist der Vorschlag zum Tor des Monats. Ein ziemlich ungehöriger Vorgang, da es einen Tabubruch darstellte. Noch nie war ein Eigentorschütze nominiert und somit der Lächerlichkeit preisgegeben worden. So passierte, was passieren muss. Das Tor wurde von den Zuschauern gewählt und die ARD hatte ein Novum. Der Schütze später im Interview: »*Uns war allen klar, dass das Eigentor nur deshalb nominiert worden war, weil es jemand vom großen FC Bayern erzielt hatte. Es ging vor allem um die Schadenfreude.*«

So ganz Unrecht hat der Junioren-Weltmeister von 1981 damit nicht. Wer weiß, ob die ARD einen Spieler von Uerdingen nominiert hätte, wenn die Bayern damit 1:0 gewonnen hätten oder warum standen die Rekordeigentorschützen Kaltz (HSV) und Noveski (Mainz 05), jeweils sechs Treffer, nie zur Auswahl, wobei der letztere sogar das Kunststück fertig brachte, innerhalb von sechs Minuten zweimal ins eigene Tor zu treffen. Hoeneß war jedenfalls not amused, wie die Engländer sagen. »*Verarschen kann ich mich selber.*« Er verbot den eingeladenen Pfaff und Winkelhofer die Teilnahme an der Ehrung. Natürlich war die Kritik groß und viele hielten es mit der ARD. »*Humor ist, wenn man trotzdem lacht*«, hieß es. Aber ist das Tor des Monats nicht ein ernsthafter Wettbewerb, über dessen Gewinn ein Spieler sich freut, so wie Lukas Podolski, der diese Auszeichnung ganze zehnmal erhielt?! Vielleicht waren aber auch alle anderen Tore in diesem Monat einfach nur langweilig und das Tor von Winkelhofer wirklich das beste. Den 140-fachen Bundesligaspieler für Bayern München und Bayer Leverkusen hat es in jedem Fall berühmt gemacht, wahrscheinlich berühmter, als wenn er es auf der anderen Seite erzielt hätte.

Die umstrittene Medaille erhielt er schließlich doch noch von Eberhard Stanjek, dem Sportchef des Bayerischen Rundfunks, der ihm das umstrittene Objekt auf der Weihnachtsfeier der Bayern in Leutstetten einfach auf den Tisch legte. Heute kann Helmut Winkelhofer über das Tor lachen, die Geschichte hat er tausendfach erzählt, die Medaille liegt bei ihm im Büro in einer Schatulle. Außerdem sind er und Frank Rohde (Hertha BSC Berlin) die beiden einzigen Spieler, denen diese zweifelhafte Ehre zuteil wurde. Vielleicht hat die ARD aber auch unbewusst die Meisterschaft dadurch entschieden. Am vorletzten Spieltag spielten die Bayern bei Werder Bremen und der Bremer Michael Kutzop musste bei 2 Punkten Vorsprung den Ball nach einem Handspiel aus nur elf Metern ins Tor von Jean-Marie Pfaff schießen, um die Grün-Weißen zum Meister zu machen. Der Rest ist Geschichte. Kutzop scheiterte am Pfosten, das Spiel endete 0:0. Bremen verlor in Stuttgart, Bayern gewann zu Hause gegen Gladbach mit 6:0, stand erstmalig in dieser Saison auf Platz 1 und verteidigte den Titel. Ganz frei nach dem Motto »*Wer den Schaden hat, muss für den Spott nicht sorgen!*«

Schiri pfeift nach 32 Minuten zur Halbzeit – „Wir sind Männer und trinken keine Fanta"

Von Rüdiger Fröhlich

Wenn neben den Linienrichtern auch der Schiedsrichter mit einer Fahne aufs Spielfeld des Weserstadions aufläuft, dann wird es problematisch – und ein unglaublicher Nachmittag in der Fußball-Bundesliga kann beginnen. Vorhang auf:

Am 8. November 1975 vor dem Spiel zwischen Werder Bremen und Hannover 96 geht der Unparteiische Wolf-Dieter Ahlenfelder (31) mit Werders Schiedsrichterbetreuer Richard Ackerschott essen – Grünkohl mit Pinkel. „Wir sind Männer und trinken keine Fanta", sagt Ahlenfelder. Und so gibt es dazu Bier und Schnaps. „In Norddeutschland ist das ganz normal", erwidert Ackerschott und bestellt den nächsten Malteser. „Prost!". Der Unparteiische ist gelassen wie immer, obwohl es erst das dritte Bundesligaspiel ist, das er leitet. Für einen Spesensatz von 24 Mark. Die nächste Runde „Lütt und Lütt" kommt. "Ein Bierchen und ein Malteser zum Mittagessen, das wird doch wohl erlaubt sein", zwinkert Ahlenfelder seinem Gegenüber zu. Prost! Dann kommt die nächste Runde. Prost! "Oh, wir müssen los", meint Ackerschott. Vielleicht noch eine kleine Runde? Okay! Wie viel sie getrunken haben, weiß keiner mehr genau. Dann geht es schnell ins Weserstadion. Schiri Ahlenfelder zieht sich um. Kurze Hose, kurzes Hemd.

Im November. Dann geht er noch kurz in der Kabine der Heimmannschaft vorbei, um Werders Masseur zum Geburtstag zu gratulieren. „Du riechst nach Alkohol!", entgegnet ihm Bremens Libero Horst-Dieter Höttges, einer der Weltmeister von 74. Höttges erkennt den Ernst der Lage und sagt: „Mensch Wolf-Dieter, du bist ja total blau." Ahlenfelder verneint und gibt sich mannhaft. Doch Werders „Eisenfuß" Höttges handelt sofort und zieht den Schiri bis zur Unterhose aus, duscht ihn und reibt seinen ganzen Oberkörper mit „Wick" ein. Eigentlich ein Erkältungsmittel, aber sehr belebend. Zudem übertüncht der Menthol- und Eukalyptusgeruch die heftige Malteser-Fahne des Schiris.

Dann geht das Spiel los. Höttges Notmaßnahmen zeigen zunächst Erfolg. Ahlenfelder – nun auch wieder passend und passabel gekleidet – beginnt tatsächlich mit der Leitung der Partie. Es schaut alles ganz gut aus und es bleibt beim 0:0. Doch in der 32. Spielminute pfeift Wolf-Dieter Ahlenfelder plötzlich zur Halbzeit. Sein Linienrichter zeigt hektisch auf die Uhr. Höttges stürmt auf Ahlenfelder zu: „Schiri, sind Sie sicher, dass schon Halbzeit ist?" Ahlenfelder: „Warum denn nicht, Herr Höttges?" Höttges: „Mein Trikot, wissen Sie, ist in der Halbzeit immer klitschnass. Und schauen Sie mal, das ist ja noch staubtrocken!" Schiedsrichter Ahlenfelder begutachtet das Trikot des Bremer Liberos. Der Linienrichter deutet weiter hektisch auf die Uhr. Dann lässt der Unparteiische doch weiterspielen. In der 43. Minute pfeift er dann erneut zum Pausentee – immer noch zwei Minuten zu früh.

Die Partie geht schließlich 0:0 aus und der DFB lässt Gnade walten. Ahlenfelder sei erkältet gewesen und habe Hustensaft bekommen, der Alkohol enthalten habe.

Von 1975 bis 1988 pfiff Wolf-Dieter Ahlenfelder in der Bundesliga und brachte es dort auf stolze 106 Spiele. Er war wegen seiner kumpelhaften Art bei Spielern und Zuschauern höchst beliebt und stand zu seinem leichten Bierbauch und seiner Vorliebe zum „Pilsken" (O-Ton Ahlenfelder) , weshalb ihn die Bundesligaspieler den „Dicken aus dem Westen" nannten. Legendär war auch sein Wortgefecht mit Paul Breitner während eines Spiels. Breitner: „Ahlenfelder, du pfeifst wie ein Arsch." Ahlenfelder: „Breitner, kann es sein, dass du spielst wie ein Arsch?" Mehrfach kam er als Linienrichter an der Seite von Walter Eschweiler im Europapokal zum Einsatz. 1984 wurde Ahlenfelder vom DFB als bester Schiedsrichter mit der „Goldenen Pfeife" ausgezeichnet. 1987 wählten ihn die Bundesligaprofis mit großem Abstand zum besten Schiedsrichter Deutschlands. Autor Ben Redlings titelte in einer n-tv-Geschichte über Ahlenfelder: „Saufen konnte der Hund, aber auch pfeifen!" Ahlenfelder selbst sah sich als umgänglichen Kumpel, der statt Ärger lieber Spaß an der Freud haben will. Er sagte über sich selber: „Meine Frau würde sagen: Das Einzige, wo du ihn anmachen kannst, ist, wenn du ihm sein Bier aussäufst!"

Am 2. August 2014 starb Wolf-Dieter Ahlenfelder im Alter von 70 Jahren. Die letzten Jahre hatte er mit seiner Frau in Oberhausen gelebt.

25 Jahre hatte der Schiedsrichter Ahlenfelder die Notlüge mit dem Hustensaft aufrecht erhalten. Erst dann kam das Geständnis, dass er tatsächlich an dem denkwürdigen Novembertag in Bremen Alkohol getrunken hatte. „Völlig knülle war ich aber nicht", betonte Ahlenfelder. „Laufbereitschaft und Urteilsvermögen – alles war noch voll da. Ich hatte Probleme mit der Uhr, war kurzzeitig verwirrt. Aber mein Linienrichter hat mich schnell aufmerksam gemacht. Es ging mit Schiedsrichterball weiter."

Von Rüdiger Fröhlich und Jörn Hinrichsen bereits bei BOD erschienen: